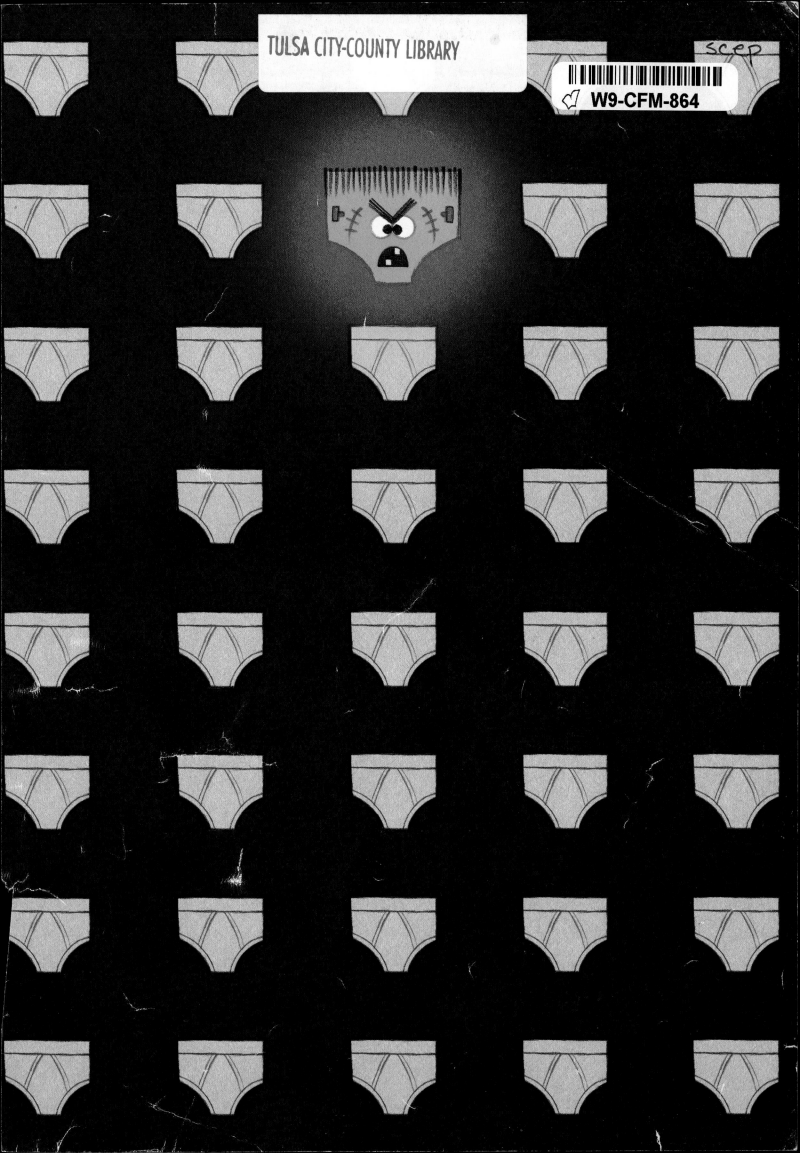

¡LOS CALZON MA

TEXTO
AARON REYNOLDS

ILUSTRACIONES
PETER BROWN

CILLOS

LÉFICOS

Picarona

El **conejito Jasper** necesitaba ropa interior nueva.

El jueves, mamá lo llevó a la tienda de ropa interior y agarró los últimos tres paquetes de la marca Requeteblancos.

Pero mientras iban hacia la caja, Jasper los vio. . .

CALZONCILLOS MALÉFICOS

¡DEMASIADO TERRORÍFICOS!

¡DEMASIADO CÓMODO!

Eran magníficos.

—¡Mamá! ¡Mamá! ¿Me compras éstos? —suplicó Jasper.

—Parecen bastante maléficos —dijo su mamá.

—¡No son maléficos! ¡Son muy chulos! —dijo Jasper—. Ya no soy un conejito. ¡Soy un conejo mayor!

Y mamá aceptó comprarle unos.

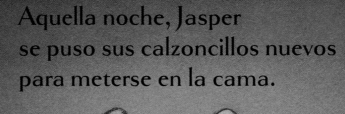

Aquella noche, Jasper
se puso sus calzoncillos nuevos
para meterse en la cama.

—¿Quieres que deje encendida
la luz del pasillo? —preguntó papá.

—¡Papá, ya no soy un conejito!
–dijo Jasper—. ¡Soy un conejo mayor!

Su papá cerró la puerta.

Y entonces fue cuando Jasper se dio cuenta. . .

...de que los calzoncillos brillaban.
Un resplandor verdoso y macabro.

Cerró los ojos.

Se tapó la cabeza con la manta.

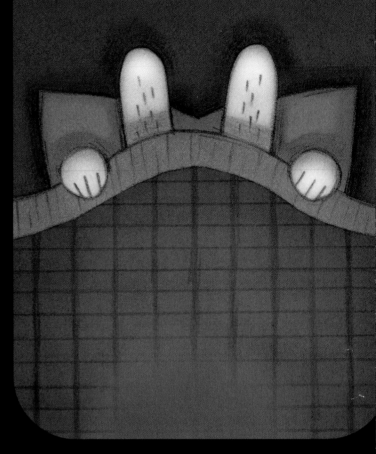

**Hundió la cara
en la almohada.**

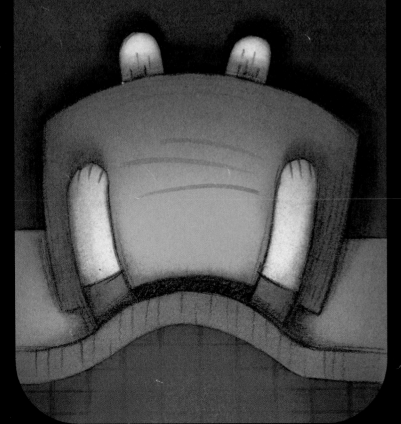

Pero todo fue inútil.

**Seguía viendo aquel resplandor
verdoso y macabro.**

Jasper se levantó
de la cama de un
salto y se puso
unos Calzoncillos
Requeteblancos.

Metió los Calzoncillos
Maléficos en el fondo
del cesto de la ropa.

Finalmente se quedó dormido.

Pero cuando se levantó
al día siguiente. . .

¡LLEVABA PUESTOS LOS
CALZONCILLOS MALÉFICOS!

Jasper los tiró al cubo de la basura.

Ya era un conejo mayor.

No estaba asustado ni nada de eso.

Pero no quería saber nada de aquellos
Calzoncillos Maléficos.

Al salir de la escuela, Jasper estaba
haciendo sus deberes cuando lo oyó.

Era un sonido rasposo, como de
arañazos, que salía de la cómoda.

Abrió el cajón y. . .

¡HABÍAN VUELTO!

Y lo miraban con aquel
resplandor verdoso y macabro.

De un tirón, sacó
los calzoncillos del cajón.

Agarró un sobre grande
y unos cuantos sellos.

¡A CHINA!

—¡Adiós, Calzoncillos Maléficos!
—dijo, echando el sobre en el buzón.

A la mañana siguiente, cuando abrió la puerta de la calle. . .

¡ALLÍ ESTABAN!

Y además había. . . ¿unos palillos chinos?

De alguna manera, sus Calzoncillos Maléficos habían vuelto de China.

Y le habían traído unos cuantos recuerdos.

Jasper agarró las tijeras de coser buenas de mamá.

A ella no le gustaba que él las usara, pero era una emergencia calzoncillesca.

Esta vez, los Calzoncillos Maléficos
desaparecerían para siempre.

A la hora de irse a la cama
abrió el cajón de la ropa interior
muy despacio. . .

Nada.

Sólo sus Requeteblancos
de siempre.

Rebuscó por debajo de la cama.

Sacudió las pantallas de las lámparas.

¡Bien! No había ninguna señal de los Calzoncillos Maléficos.

Se fue al baño a cepillarse las orejas.

¡HABÍAN VUELTO!

—¿Qué te pasa? —le preguntó su mamá—.
Últimamente estás muy nervioso.

—¡Nada! —exclamó él. Un conejo mayor no puede
estar aterrorizado por culpa de unos calzoncillos.

Agarró los calzoncillos.

Sacó la pala del garaje.

Y se subió a la bici.

No dejó de pedalear hasta
llegar a la Gran Colina.

Jasper empezó a cavar.

Y cavó hasta que el hoyo fue muy oscuro.

Y muy profundo.

Y 100 % a prueba de calzoncillos.

Lanzó dentro
los calzoncillos. . .

. . ., que brillaron
desde el fondo. . .

. . .con aquel
resplandor verdoso
y macabro.

Pero no por
mucho tiempo.

Cuando llegó a casa, Jasper reptó
hasta la cajonera.

No podían estar allí.
Era imposible.

¿Verdad?

Tiró del pomo.

Echó un vistazo dentro. Nada.
Solo sus Requeteblancos.

Jasper sonrió
y apagó la luz.

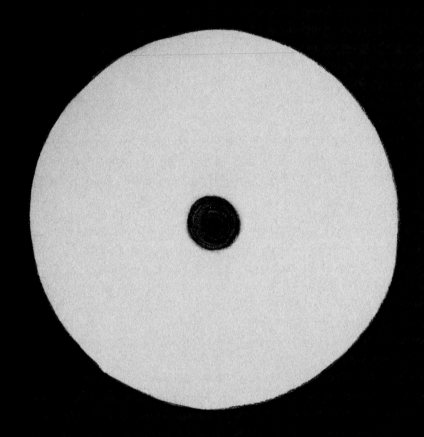

Pero había un problema. . .

La habitación estaba *realmente* oscura.

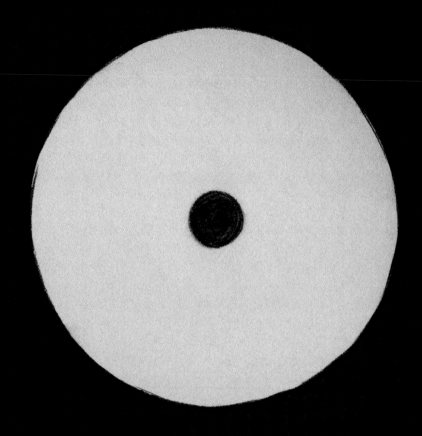

Incluso para un conejo que ya es mayor.

Jasper encendió la luz.

Miró sus Calzoncillos Requeteblancos, que no brillaban.

Y entonces supo qué tenía que hacer.

Los Calzoncillos Maléficos estaban manchados de barro, pero seguían llenando la habitación de aquel resplandor verdoso.

Al día siguiente, Jasper cogió todo el dinero que había ahorrado y fue a la tienda de ropa interior él solo.

Como un conejo mayor.

Aquella noche, Jasper no tuvo miedo.

Cuando se acostó, sonrió.

Y también los calzoncillos sonrieron, porque por fin habían encontrado a alguien que no tenía miedo. . .

...de unos Calzoncillos Maléficos.

A todos los maravillosos niños de la escuela de primaria
Garland R. Quarles, en Winchester, Virginia. . .
y especialmente al niño que me pidió una historia
sobre unos calzoncillos maléficos.
A. R.

A Justin y Lizzy.
P. B.

Puede consultar nuestro catálogo en www.edicionesobelisco.com/www.picarona.net

Los calzonzillos maléficos
Texto de Aaron Reynolds
Ilustraciones de *Peter Brown*

1.ª edición: noviembre de 2017

Título original: *Creepy Pair of Underwear!*

Traducción: *Manuel Manzano*
Maquetación: *Isabel Estrada*
Corrección: *Sara Moreno*

© 2017, Aaron Reynolds por el texto
© 2017, Peter Brown por las ilustraciones
Publicado por acuerdo con Simon & Schuster Books for Young Readers,
sello editorial de Simon & Schuster Children's Publishing Division,
1230 Avenue of The Americas, NY 10020, USA
© 2017, Ediciones Obelisco, S. L.
(Reservados los derechos para la lengua española)

Edita: Picarona, sello infantil de Ediciones Obelisco, S. L.
Collita, 23-25. Pol. Ind. Molí de la Bastida
08191 Rubí - Barcelona - España
Tel. 93 309 85 25 - Fax 93 309 85 23
E-màil: picarona@picarona.net

ISBN: 978-84-9145-087-0
Depósito Legal: B-16.429-2017

Printed in China